LES AMOURS

DE PARIS,

COMÉDIE EN DEUX ACTES, MÉLÉE DE CHANT;

PAR M. DUMERSAN,

REPRÉSENTÉE, POUR LA PREMIÈRE FOIS,
SUR LE THÉATRE DES VARIÉTÉS,
LE MERCREDI 25 JUILLET 1832.

PRIX : 2 FRANCS.

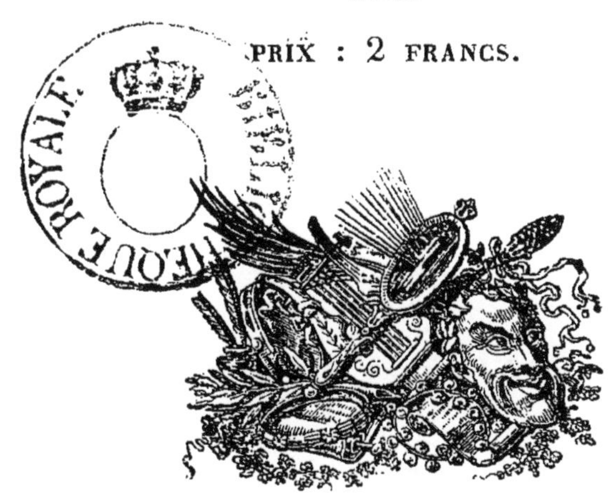

PARIS.

J.-N. BARBA, LIBRAIRE,

PALAIS-ROYAL,

Galerie derrière le Théâtre-Français.

1832

Personnages.   **Acteurs.**

DARVILÉ, homme de 39 ans, mise
  élégante.   M. Daudel.

ÉMILIE, sa fille.   Mlle Marchetti.

CÉCILE DUMONT, leur cousine ar-
  rivant de Mâcon.   Mlle Jenny Colon.

ANASTASE, leur cousin arrivant de
  Dijon, mise un peu ridicule   M. Legrand.

SAINT-ROMAIN, ami de la maison, jeune homme dont la mise et les manières sont exagérées.   M. Lhérie.

OSCAR, jeune clerc de notaire; il
  porte des moustaches.   M. Jourdheuil.

Un domestique.

Hommes et femmes invités.

La scène est à Paris chez M. Darvilé.

S'adresser pour la musique à M. Tolbecque, chef d'orchestre du théâtre des
Variétés.

IMPRIMERIE DE DAVID, BOULEVARD POISSONNIÈRE, N° 6.

LES
AMOURS DE PARIS.

ACTE PREMIER.

UN SALON.

SCÈNE PREMIÈRE.

ÉMILIE.

(Elle arrive par la porte de côté, et va regarder la pendule
qui est sur la cheminée.)

Neuf heures ! et mon cousin Oscar n'est pas encore au ren-
dez-vous ! oh ! les hommes ! on devrait toujours les faire at-
tendre, quand ce ne serait que pour leur en donner l'habitude.

SCENE II.

ÉMILIE, OSCAR. (1)

OSCAR, *qui arrive par le fond, entend la dernière phrase.*

C'est de la diplomatie, cela, ma cousine.

EMILIE.

Ah ! vous voilà enfin, monsieur !

OSCAR.

Pardon, ma cousine. (*Avec importance.*) Mais un clerc de
notaire n'est pas maître de son temps. On se doit à ses cliens,
et les affaires marchent avant les plaisirs.

EMILIE.

Vous avez donc du plaisir à me voir ? Eh bien ! moi, j'en ai
à vous entendre ; ainsi, voyons ce secret si pressé que vous
deviez me dire.

OSCAR.

Il est affreux pour un cœur sensible ! et le mien n'est pas
encore blasé par l'atmosphère du notariat.

EMILIE.

Vous m'effrayez !..

(1) Les acteurs sont placés comme ils doivent être en scène, le premier à
a gauche du spectateur.

OSCAR.

Émilie, votre père vous marie.

EMILIE, *souriant.*

En vérité?

OSCAR.

Et ce n'est pas avec moi!

EMILIE.

Avec qui donc?

OSCAR.

Avec M. Saint-Romain!

EMILIE.

Ce jeune homme qui ne parle que de chevaux, de dan-
seurs, de musique, de son tailleur et de Rossini?... il est
amusant!

OSCAR.

Ah! c'est ainsi que vous me consolez! mais cela ne se pas-
sera pas comme ça!

AIR *de Louise.*

> Pour empêcher qu'il vous obtienne,
> Je sais un excellent moyen.
> J'aurai sa vie, ou lui la mienne,
> Les clercs de notaires vont bien.
> J'ai fait cent actes, j'imagine,
> De vente, d'hymen, sauf erreur.
> Il faut que pour vous, ma cousine,
> Je fasse une acte de valeur.

EMILIE.

Vous m'aimez donc beaucoup, mon cousin?

OSCAR.

Comment! si je vous aime?.. je me disais: aussitôt que je
serai maître clerc, je demanderai à mon oncle, la main de
ma jolie cousine... avec ce que M. Darvilé vous donnera,
j'achète une étude, et me voilà notaire.

EMILIE.

Mais mon cousin, mon papa ne me donnera pas de quoi
acheter une étude, car ma dot ne doit être que de soixante
mille francs.

OSCAR.

Vous croyez?...

EMILIE.

Il me l'a dit encore hier.

OSCAR.

Eh bien! j'en suis enchanté! ce M. Saint-Romain en vous
épousant comptait sur une grande fortune... je suis vengé: je
ne le tuerai pas.

SCÈNE III.

ÉMILIE, DARVILÉ, OSCAR.

DARVILÉ.

Ah! te voilà, Oscar... Eh bien! m'apportes-tu les papiers que j'ai demandés hier à ton notaire?... Bonjour, Emilie. (*Il l'émbrasse sur le front.*) Je m'occupe de ton bonheur, mon enfant...

OSCAR, *lui remettant des papiers.*

Les voilà, mon oncle, c'est moi-même que mon patron a chargé de rédiger ce projet de contrat... il me déchirait l'âme... Je crois n'avoir rien oublié... j'ai fait le devoir d'un notaire; mais il contrastait bien cruellement avec les sensations d'un homme passionné, et je puis dire que le code et l'article 219 étaient autant de coups de poignard qui me perçaient le cœur!

DARVILÉ.

Quel diable de galimathias me fais-tu là? est-ce que tu es devenu fou!

OSCAR.

C'est possible, mais on m'attend à l'étude... les expéditions me réclament... mes minutes sont comptées: le devoir parle, l'amant se tait, et le clerc de notaire vous dit adieu!

(Il salue et sort tragiquement.)

SCÈNE IV.

ÉMILIE, DARVILÉ.

DARTILÉ.

Il est étonnant, le petit cousin! est-ce qu'il joue la tragédie en société?

EMILIE.

Je le crois!

DARVILÉ.

Du reste, il entend déjà fort bien les affaires.

Air : *Vaudeville de Haine aux femmes.*

Jadis nous étions tous soldats,
Maintenant quelle différence!
Dans les affaires l'on s'élance,
Et la fortune suit nos pas.
Dans les plus brillantes carrières
Courant au même résultat,
Combien de gens font leurs affaires
En fesant celles de l'état.

EMILIE.

A propos, ce que mon cousin vient de me dire est-il vrai?.

DARVILÉ.

S'il t'a dit que j'allais te marier, ma chère amie; il ne t'a pas trompée... est-ce que Saint-Romain ne te plaît pas?...

EMILIE.

Je ne dis pas qu'il me déplaise, mais...

DARVILÈ.

Il te convient parfaitement... Saint-Romain est mon ami: je le rencontre partout: à la bourse, au spectacle et dans les salons de Tortoni... ce sera fort agréable pour toi... mais j'ai une autre nouvelle à t'annoncer... notre cousine Cécile Dumont arrive à Paris.

EMILIE.

La Bourguignonne! et qu'y vient-elle faire?...

DARVILÉ.

Elle vient toucher la succession d'un viel oncle maternel qui lui laisse quinze ou vingt mille livres de rente.

EMILIE.

Elle arrive à propos pour être de ma noce.

DARVILÉ.

Tu es donc décidée à épouser Saint-Romain?...

EMILIE.

Pourquoi pas, mon père ?

AIR *de Blangini.*

Sur chacun il plaisante
C'est d'un excellent ton,
Sa mise est élégante,
Son cœur doit être bon!
Le plaisir est son code,
Et pour tout dire ici,
C'est un homme à la mode,
Il sera bon mari.

DARVILÉ.

Je suis enchanté qu'il te convienne, parce qu'il a tous mes goûts: nous courrons ensemble les concerts et les bals, nous irons au balcon des Bouffes et aux avant-scènes de l'Opéra...

EMILIE.

Et moi, mon père?..

DARVILÉ.

Toi !... tu auras ta société douce, calme... des plaisirs intérieurs, les soins de ton ménage....

EMILIE.

Tu es charmant! du tout, du tout, j'irai au bois de Boulogne avec vous, en amazone; nous aurons une loge aux Bouf-

fes et si mon mari joue à la bourse, eh bien, je jouerai à la
bouillotte... tout doit être égal dans un bon ménage.

DARVILÉ.

Voilà d'excellente dispositions... (SAINT-ROMAIN *au dehors.*)
Où est-il ce cher Darvilé!) Silence, j'entends ton futur.

SCÈNE V.

ÉMILIE, SAINT-ROMAIN, DARVILÉ.

SAINT-ROMAIN, *entrant étourdiment.*

Eh bon jour, cher ami! (*Saluant Émilie.*) Charmante Émilie, votre excellent père vous a-t-il appris ses projets et mon
bonheur?

DARVILÉ.

Elle est encore un peu indécise.

SAINT-ROMAIN.

Mon caractère vous offre pourtant toute espèce de garantie:
fidélité, constance, c'est la devise du troubadour, c'est la
mienne; beaucoup de sympathie, un peu de fortune, voilà
les bases de la félicité, l'intérêt en est le fléau.

DARVILÉ, *légèrement.*

L'intérêt! fi donc! est-ce que notre siècle ne s'est pas élevé
au-dessus de ces viles considérations! on n'est plus intéressé,
aujourd'hui : excepté quelques obstinés qui veulent encore
des places, un petit nombre de gens qui ont une conscience
à louer, très-peu d'écrivains qui vendent leur opinion, et
les Saint-Simoniens qui font une religion de banque avec de
la morale par devant notaire, tout le reste des hommes mé-
prise l'intérêt, et si l'on aime encore l'argent, c'est parce que
lui seul procure les plaisirs, l'indépendance et la liberté.

SAINT-ROMAIN.

Bravo! vivre pour s'amuser, voilà la vraie philosophie.
Politique, législation, jurisprudence, sciences abstraites, il
faut rejeter tout cela avec les vieux abus, la féodalité et tout
ce qu'il y a de plus *rococo.* Une vie d'art, d'inspirations,
une morale vaporeuse, le romantisme en action, voilà ce que
je vous offre. Notre ménage sera un roman de Walter Scott
ou le ballet de la Sylphide.

EMILIE.

Il est fort aimable!

SAINT-ROMAIN.

Voilà toute ma morale.

Air *de Casimir*, d'Adam.

On parle de finance
Je parle de plaisir,
S'il s'agit de science
Je suis prêt à m'enfuir. (*bis*.)
Qu'on parle politique,
Moi, le verre à la main,
En riant je réplique
Par un joyeux refrain !
　　Tra la la, etc.

Sur terre quel est le bonheur :
　　C'est la folie. (*bis*)
　　Rêve enchanteur,
　　Point de saison
　　Pour la raison
　　Elle m'ennuie,
J'ai pour philosophie
　　Une chanson.
　　　　Tra la la, etc.

On déclare la guerre,
Je monte en tilbury.
On change un ministère,
Je chante Rossini. (*bis*)
Tel, braquant sa lunette,
S'écrie avec frayeur :
Qu'il a vu la comète...
Le vin sera meilleur.
　　Tra la la, etc.

SCÈNE VI.

LES MÊMES, UN DOMESTIQUE.

LE DOMESTIQUE.

Monsieur, un fiacre entre dans la cour avec une dame de-
dans, et des paquets, qui demande son cousin.

DARVILÉ.

C'est Cécile ! je cours au-devant d'elle.

(Il sort.)

SAINT-ROMAIN.

Qu'elle est cette Cécile?...

ÉMILIE.

Une jeune Mâconaise, notre cousine, qui vient à Paris pour
affaires.

Pour plaider, ou placer quelques pièces de Mâcon?

Non, pour hériter de vingt mille livres de rente, au moins.

Vingt mille livres de rente! ça mérite attention.

La voilà.

(Elle court au-devant de Cécile qui arrive, Darvilé lui donnant la main. Elles s'embrassent.)

SCÈNE VII.

ÉMILIE, CÉCILE, DARVILÉ, SAINT-ROMAIN.

CÉCILE, *en robe de voyage, chapeau*, etc.

Ma bonne cousine.

AIR : *Cavatine de Jean de Paris.*

Ah! quel plaisir! quel aimable voyage,
Au milieu de vous, mes amis,
Mon cœur déjà trouve l'image
Des plus doux plaisirs de Paris.
DARVILÉ.
De vous revoir on est bien aise.
CÉCILE.
Oui, ce séjour est à mon gré,
Et pourvu qu'en ces lieux je plaise,
Je réponds que je m'y plairai,
Et cette fois j'y resterai.

ENSEMBLE.

Ah! quel plaisir! quel aimable voyage.
Demeurez en ces lieux, etc.
SAINT-ROMAIN.
Comme ami de la maison, permettez-moi, mademoiselle,
de vous adresser aussi mes félicitations.
CÉCILE.
Vous êtes bien bon, monsieur.
DARVILÉ.
C'est un charmant garçon... plein de talent et d'amabilité..
ce qui ne l'empêche pas d'être un dilettante enragé.
CÉCILE.
Monsieur est musicien?... en province nous fesions de pe-
tits concerts d'amateurs... et nous jouïons la comédie bour-
geoise : j'ai joué quelques rôles dans des pièces du gymnase.
SAINT-ROMAIN.
Joli répertoire!... un peu maniéré.

DARVILÉ.

Il n'aime que les bouffes.

SAINT-ROMAIN.

Je ne suis pas exclusif... j'aime le beau partout où je le trouve, au grand Opéra quand on y chante, à l'Opéra-Comique quand il y en a un... aux Français quand on y dit de beaux vers... ces messieurs ont aussi leur musique.

EMILIE.

Messieurs, ma cousine a peut-être besoin de se reposer.

CÉCILE.

Non, je ne suis pas fatiguée!... mais je ne songeais pas à vous dire que je n'arrive pas seule... j'ai eu en route un cavalier que vous allez voir.

DARVILÉ.

Qui donc?...

CÉCILE.

Notre cousin Anastase Dumont.

DARVILÉ.

Le fils du gros Dumont, marchand de moutarde à Dijon, et qui a hérité aussi de l'oncle défunt!

CÉCILE.

Certainement... c'est un des jeunes gens les plus aimables de Dijon.

SAINT-ROMAIN, à part.

Ça doit être drôle, un marchand de moutarde.

CÉCILE.

Nous avons fait des projets... quant à moi, je n'ai guère envie de retourner à Mâcon, je suis riche!

SAINT-ROMAIN.

Vous voulez vous fixer à Paris? (A part.) Vingt-mille livres de rentes!...

CÉCILE.

Oui, pour y jouir de ses plaisirs et peut-être bien pour m'y établir. On dit les Parisiens si galans! peut-être s'en présentera-t-il qui ne dédaigneront pas l'héritière bourguignonne.

SAINT-ROMAIN.

Il s'en présentera gardez-vous d'en douter. (A part.) Elle est charmante!

EMILIE.

Alors ma cousine, vous quitterez la mode de Mâcon?

CÉCILE.

Le plutôt possible.

EMILIE.

J'ai une couturière admirable, une véritable artiste! en une heure, elle vous habillera à merveille.

DARVILÉ.

Parbleu! à Paris, nous avons du tout fait... avec de l'or on peut métamorphoser des pieds à la tête un homme, une opinion, une conscience, tout ce qu'on veut.

SAINT-ROMAIN.

Certainement!

ANASTASE, *dans la coulisse.*

C'est bon, c'est bon, je n'ai pas besoin qu'on m'annonce.

CÉCILE.

Ah! c'est notre cousin Anastase.

SCENE VIII.

CÉCILE, EMILIE, ANASTASE, DARVILÉ, SAINT-ROMAIN.

ANASTASE, *une boîte sous le bras, et déclamant.*

A tous les cœurs bien nés que la patrie fait plaisir à voir.. Je crois que le vers y est. Bonjour cousin Darvilé... cousine Emilie... et la compagnie... je n'ai pas oublié le temps que j'ai passé parmi vous avant d'aller m'établir dans le département de la Côte-d'Or.

DARVILÉ.

Embrassons-nous, cousin Anastase.

ANASTASE

Volontiers! (*à Emilie*) Et vous, ma cousine de Paris.. voulez-vous permettre? (*Il l'embrasse*). Eh! à Dijon nous embrassons des deux côtés. Comme elle est grandie, la cousine, depuis douze ans... il est vrai qu'elle n'avait que six ou sept ans.... à cette heure c'est une demoiselle.... bonne à marier peut-être.

DARVILÉ

Sans doute... mais cousin, que portez-vous donc là sous le bras?

ANASTASE

Ah! je sais ce que c'est. Est-ce que je pouvais venir les mains vides? c'est un léger cadeau, un produit de notre industrie départementale, nous sommes aussi industriels à

Dijon... c'est un petit assortiment de moutarde perfectionnée.

SAINT-ROMAIN, *à part.*

Le cadeau est de bon goût.

ANASTASE.

Plait-il, monsieur?

SAINT-ROMAIN.

Monsieur, la moutarde a son mérite.

ANASTASE.

Je le crois bien! dans les sauces Robert et dans les rémoulades.

DARVILÉ.

Nous la goûterons à diner!

ANASTASE.

Il est bon enfant, le cousin!... n'est-ce pas cousine de Mâcon, qu'il vous a bien reçue aussi?

CÉCILE.

Vous ne devez pas en douter! les parisiens sont si aimables.

ANASTASE.

Et les parisiennes donc!... il m'est venu des idées la-dessus... je vous conterai ça... Mâcon est fort agréable, Dijon n'est pas à dédaigner, mais Paris... il n'y a qu'un Paris.

CÉCILE.

Il a raison... mais cousine, la couturière artiste?...

ÉMILIE.

Venez avec moi... vous verrez que tout marche ici comme par enchantement.

CÉCILE.

Pardon, messieurs.

AIR : *Valse de Robin des Bois.*

Par la mode on est embellie,
Je ne suivrai que ses avis
Je veux d'abord me rendre jolie
Et l'on me croira de Paris.
Par une élégante toilette
Dès aujourd'hui je vais débuter!
Il faut bien être un peu coquette!

SAINT-ROMAIN, *à part.*

Elle commence à s'acclimater.

ENSEMBLE.

Par la mode on est embellie,
Vous ne suivrez que ses avis.
Vous êtes déjà si jolie
Que l'on vous croirait de Paris.

(Emilie sort avec Cécile.)

SCÈNE IX.

DARVILÉ, ANASTASE, SAINT-ROMAIN.

SAINT-ROMAIN, *à part.*

Voilà une petite femme pour laquelle j'éprouve une sympathie!...

DARVILÉ.

Et vous, mon cher Anastase, voulez-vous qu'on vous trouve un tailleur, un coiffeur, un bottier?

ANASTASE.

Dutout... est-ce que je ne suis pas dans le bon genre?... je n'ai pas voulu me présenter dans mon habit de voyage... à Dijon nous avons une civilisation comme chez vous, nous donnons dans le progrès, dans le mouvement... nous sommes *Dandis*, nous sommes fashionnables... nous sommes quand nous voulons, tout aussi ridicules que vous autres.

SAINT-ROMAIN.

Diable! vous avez de l'amour propre.

DARVILÉ.

Cependant, l'habit est un peu 1829.

ANASTASE.

A cause de la queue de morue.... ah! dame! s'il fallait se faire faire un habit neuf tout les ans.

SAINT-ROMAIN, *riant.*

Ah! ah! ah! Monsieur Anastase, vous êtes plus neuf que votre habit.

DARVILÉ.

Vous pouvez en croire Saint-Romain, prenez-le pour Mentor, il vous fera faire les folies les plus distinguées et les extravagances les plus confortables.

ANASTASE.

Je suis tout disposé à être son Télémaque. Monsieur le professeur, je m'accroche à vous, et d'abord, vous me montrerez à toucher...

SAINT-ROMAIN.

Du piano?

ANASTASE.

Non : les cœurs du département de la Seine.

AIR *du Baiser au porteur.*

Je veux apprendre à votre école
A faire l'amour dans l'occasion !

SAINT-ROMAIN.

Les femmes ont le monopole,
De cette aimable instruction. (*bis.*)

C'est un art que toutes comprennent ,
En suivant le goût actuel .
Et que ces dames nous apprennent
Par l'enseignement mutuel.

ANASTASE.

J'aime assez cette méthode-là... Elle doit avoir son agré-
ment ; mais, cousin Darvilé, je songe que j'ai laissé mes ef-
fets à la diligence, et je vais...

DARVILÉ.

Faites-les transporter ici... je veux que nous logions en
famille...

ANASTASE, *lui prenant la main.*

Vous êtes un fameux parent... J'accepte... et je vais me
faire donner mon paquet.

(Il sort.)

SCÈNE X.

DARVILÉ, SAINT-ROMAIN.

SAINT-ROMAIN, *vivement.*

Ah ! mon cher Darvilé, je viens de concevoir un plan su-
perbe !

DARVILÉ.

Pour qui ?

SAINT-ROMAIN.

Pour toi... pour Émilie !... Tu aimes ta fille ?

DARVILÉ.

Puisque je te la donne.

SAINT-ROMAIN.

Certainement, c'est une preuve ! mais il ne s'agit plus de
cela !

DARVILÉ.

Comment ! quelle est cette plaisanterie?

SAINT-ROMAIN.

Je ne plaisante pas : je fais sa fortune.

DARVILÉ.

Qu'est-ce que tu dis donc?

SAINT-ROMAIN.

Tu ne devines pas ! et ce jeune cousin qui arrive de province...

DARVILÉ.

Eh bien !

SAINT-ROMAIN.

Il est riche ! tu ne vois pas tout l'avantage...

DARVILÉ.

Mais je t'ai promis ma fille!...

SAINT-ROMAIN.

Ne parlons pas de moi. Un ami véritable doit faire le sacrifice de ses intérêts, de ses sentimens... Ce n'est pas moi, c'est ta charmante fille qui m'occupe, c'est son bonheur que je veux assurer.

DARVILÉ.

Mais moi, je veux...

SAINT-ROMAIN.

Je conçois ta délicatesse; mais je ne veux pas que tu en sois victime. Anastase a paru frappé de la beauté d'Emilie! songe à l'héritage du cousin.

DARVILÉ.

Tes qualités personnelles valent bien...

SAINT-ROMAIN.

Vingt mille livres de rente? Non, mon ami, non, je ne vaux pas ça, je me connais, suis mon conseil.

DARVILÉ.

Tu le veux absolument?

SAINT-ROMAIN.

Je l'exige. (*A part.*) Par ce moyen je deviens libre, et Cécile!..

DARVILÉ, *à part.*

Quelle idée! ma fille à Anastase! et peut-être que Cécile... (*Haut.*) Il faut t'obéir.

SAINT-ROMAIN.

Excellent père.

DARVILÉ.

Excellent ami!

SAINT-ROMAIN.

Je suis comme ça! mon sacrifice aura sa récompense.

DARVILÉ.

Voici Oscar.

SCENE XI.

DARVILÉ, OSCAR, SAINT-ROMAIN.

OSCAR.

Mon oncle, voici le contrat de ma cousine avec M. Saint-Romain.

DARVILÉ.

Ma foi, mon ami, c'est un travail inutile. J'ai changé d'avis, ce mariage n'aura pas lieu.

OSCAR.

Ah! vous me rendez l'espoir.

DARVILÉ.

Je ne te rends rien du tout... Sur le point de prendre un état, Oscar, tu dois songer à ton avenir; il te faut une femme riche.

SAINT-ROMAIN.

Une charge de notaire, enfin!

DARVILÉ.

Nous te ferons avoir cela... Reviens dîner avec nous... Il nous est arrivé des convives... Notre cousine Cécile Dumont et le cousin Anastase.

SAINT-ROMAIN.

Cela vous fera de bons cliens, M. Oscar, vingt mille livres de rente chacun.

OSCAR.

C'est du positif.

DARVILÉ.

Allons, mon cher Saint - Romain. (*A Oscar.*) N'oublie pas de venir j'aurai besoin de toi.

(Il sort en tenant Saint-Romain par le bras et en causant avec lui.)

SCÈNE XII.

OSCAR, *seul.*

Ils n'ont jamais été si bien ensemble, et Saint-Romain n'épouse pas sa fille! Il y a ici une révolution... Est-ce que ce serait l'arrivée de nos deux parens qui aurait changé toutes nos dispositions?.. Et Darvilé qui vient me dire qu'il me faut une femme jeune, riche et jolie, je le sais bien, mais où la trouver!

SCÈNE XIII.

OSCAR, CÉCILE.

CÉCILE, *en toilette.*

Cette robe me va très-bien!

OSCAR.

Qu'elle est cette jolie personne? (*Il salue.*) Je ne me trompe pas, c'est ma cousine Cécile!

CÉCILE.

Eh! c'est monsieur Oscar! Vous n'êtes plus au collége?

OSCAR.

Au collége?.. Vous ne voyez donc pas mes moustaches!

CÉCILE.

Je n'y avais pas fait attention.

OSCAR.

C'est bien la peine d'en avoir; mais c'est égal, vous vous souvenez de moi.

CÉCILE.

Certainement.

AIR : *Je suis heureux au son du galoubet.* (Belle au bois dormant.)

Je me souviens des jours de notre enfance,
Je n'avais pas plus de raison que vous.
Les jeux souvent nous mirent en présence
Je parle ici d'un temps bien loin de nous.
Ce souvenir que l'égoïsme ignore,
En vous voyant j'en sens là tout le prix :
C'est un bonheur quand on est jeune encore
De retrouver déjà de vieux amis..

SCÈNE XIV.

LES MÊMES, SAINT-ROMAIN.

SAINT-ROMAIN, *entrant par le fond et lorgnant la toilette de Cécile.*

Délicieuse, divine, parole d'honneur.

OSCAR, *à part.*

Saint-Romain!.. c'est dommage! (*Haut.*) Ma cousine, nous passons la soirée ensemble... n'oubliez pas que nous sommes de vieux amis!

(Il salue et sort.)

SCÈNE XV.

SAINT-ROMAIN, CÉCILE.

SAINT-ROMAIN, *à part.*

Allons, il n'y a pas de temps à perdre.

CÉCILE.

Vous trouvez donc que je ne suis pas trop embarrassée?..

SAINT-ROMAIN.

Vous êtes Parisienne des pieds à la tête... et je suis sûr qu'à la réunion de ce soir, vous ferez un effet délirant.. Vous nous avez dit tantôt que vous chantiez?

(Cécile tousse légèrement.)

SAINT-ROMAIN.

Ah! vous chantez.

CÉCILE.

Un peu.

SAINT-ROMAIN.

La Romance?

CÉCILE.

Mieux que cela.

SAINT-ROMAIN.

La Barcarole, la Cavatine?

CÉCILE.

Quelquefois du Rossini, du Mayerbeer!

SAINT-ROMAIN.

Vous ferez fureur! du Rossini, du Mayerbeer! quand on chante de pareille musique on doit avoir un cœur sensible.

CÉCILE, *souriant.*

Mais je ne crois pas manquer de sensibilité.

SAINT-ROMAIN, *à part.*

Elle a de la sensibilité! ne la laissons pas respirer... (*Haut.*) Ah! mademoiselle, quel bonheur pour celui qui aura le doux privilége d'émouvoir ce cœur que le charme de la musique a si bien disposé!

CÉCILE.

Comment?

SAINT-ROMAIN, *à part.*

Elle demande comment!.. (*Haut.*) Ce cœur dont la possession inappréciable...

CÉCILE.

Quoi!.. monsieur!...

SAINT-ROMAIN.

Oui, mademoiselle, je suis celui qui n'a pu se défendre d'être ému en vous voyant, et qui n'a pu s'empêcher de vous adorer en vous écoutant.

CÉCILE.

Mais ce serait une déclaration, en province!

SAINT-ROMAIN.

C'en est une aussi à Paris.

CÉCILE,

A peine me connaissez-vous!

SAINT-ROMAIN.

Un moment a suffi... c'est l'étincelle électrique qui frappe et qui enflamme.

CÉCILE.

Je ne suis pas si prompte à m'enflammer... je ne puis pas dire que je ne vous trouve pas aimable; mais...

SAINT-ROMAIN.

Vous en avez dit plus qu'il ne faut pour me donner l'espoir

de vous plaire... Maintenant si je ne réussissais pas, je me tuerais.

CÉCILE, *naïvement.*

Est-ce qu'à Paris vous vous tuez encore?

SAINT-ROMAIN.

Très-souvent... voyez les drames modernes ; ils sont l'expression de la société... on se tue, on tue sa maîtresse...

CÉCILE.

Je ne veux pas de ces amours-là.

SAINT-ROMAIN.

Il ne tient qu'à vous de ne pas me réduire à cette ressource qui est a peu-près la dernière.

CÉCILE.

Elle serait désespérée !

SAINT-ROMAIN.

Mais il me faut un gage. (*Il lui prend la main pour la baiser.*) Que vois-je? cet anneau!.. oh qu'il est joli!

CÉCILE , *le lui laissant prendre.*

N'est-ce pas?

SAINT-ROMAIN , *regardant l'anneau.*

C'est une alliance !..

CÉCILE.

Celle de ma mère!... monsieur...

(Ritournelle.)

SAINT-ROMAIN.

Voici toute la société... je serai discret.

(Il serre l'anneau dans son gilet.)

CÉCILE.

Mais, monsieur...

SAINT-ROMAIN.

Je serai discret, vous dis-je.

SCENE XVI.

OSCAR, ANASTASE, CÉCILE, DARVILÉ, ÉMILIE, SAINT-ROMAIN, PARENS ET AMIS.

CHOEUR. (Final d'Oberon.) *Arrangé par Tolbecque.*

Que ce jour a de prix !
Ah ! que nos cœurs sont ravis
Auprès de vous d'être admis !
Pour voir réunis
Des parens chéris,
Et surtout de vrais amis...
Il faut venir à Paris !

CÉCILE, *avec sentiment et gaîté.*

Leur tendresse
M'intéresse ;
Quelle ivresse ! (*bis.*)
C'est dans ces lieux que le cœur
Doit trouver plaisir et bonheur !

ENSEMBLE.

ÉMILIE *à part, regardant Anastase.*

Il me regarde avec ardeur ;
Sans doute j'ai touché son cœur ?
Pour moi c'est bien flatteur !

DARVILÉ, SAINT-ROMAIN, OSCAR *à part, regardant Cécile.*
ANASTASE *à part, regardant Émilie.*

Ah ! quel regard enchanteur !
Et comme il serait flatteur
D'être ici son vainqueur !

CÉCILE, *à part.*

Leur tendresse
M'intéresse
Quelle ivresse !   (*bis.*)
Plaisir et bonheur à Paris
Sont réunis !
Vive Paris !

TOUS LES PERSONNAGES ET LE CHOEUR.

Oui, sans cesse
Les plaisirs
Charmeront vos loisirs :
Que chacun s'empresse !
Momens
Charmans !
Nous voilà donc tous réunis !
Pour nous, (*bis*) que ce jour à de prix !
Ah ! pour les vrais amis
Vive Paris !
Vive, vive Paris !

(On présente la main aux dames.)

FIN DU PREMIER ACTE.

ACTE III.

(Un salon élégant préparé pour une soirée ; à droite un piano.)

❊

SCENE PREMIERE.

ANASTASE.

Quel dîner ! et qu'elle aimable réunion ! Les vins me montaient à la tête, et les femmes m'allaient droit au cœur ! Elles m'agaçaient... leurs regards me magnétisaient... Et quel empressement à mon égard, quelles prévenances pendant le repas ! Emilie surtout, quelle aimable amphitrionne ! Les Parisiennes ont quelque chose d'attrayant, de friand que n'ont pas les provinciales ! et ma consine Emilie surpasse toutes les autres... comme Calypso au milieu de ses nymphes , et comme la colonne au milieu des maisons de la place Vendôme. Moi qui voulais me marier avec une Parisienne... ça serait bien mon affaire ! mais le papa qui m'a dit tantôt : *Je ne marierai pas ma fille à un homme riche, parce qu'elle a une dot assez minime, et que ma délicatesse...* Il paraît très-délicat, le cousin Darvilé... ce n'est pourtant pas ma faute si j'ai vingt mille livres de rente... Oh ! une idée... cette exploitation de moutarde, si je la mettais sous le nom de ma cousine... si je l'avantageais de cette même moutarde... ce serait piquant ! Allons consulter ce petit notaire à moustaches qui dînait avec nous.

(Il se retourne et voit entrer Darvilé et Cécile.)

SCENE II.

DARVILÉ, CÉCILE, ANASTASE.

DARVILÉ.

Qu'est-ce que vous faites donc là tout seul, cousin ?..

ANASTASE.

Cousin, je fais des projets... que je vous dirai... plus tard.

DARVILÉ.

Tout le monde en fait des projets !.. et je voulais en confier un à Cécile.

ANASTASE, *voulant se retirer.*

Alors, cousin...

DARVILÉ, *le retenant.*

Restez donc, mon cher Anastase, vous n'êtes pas importun, au contraire.

CÉCILE.

Moi, d'abord, vous ne me gênez pas du tout... je ne crains pas le monde.

ANASTASE, *galamment.*

Et le monde vous rend la pareille. Hein! c'est gentil, ce petit compliment-là?

CÉCILE.

D'autant plus gentil que c'est le premier que vous me faites.

ANASTASE.

Ce ne sera peut-être pas le dernier, si je me mets en train. Après le dîner on est toujours galant; mais voyons donc le projet du cousin.

DARVILÉ.

Il n'a rien d'extravagant.

ANASTASE.

Je crois bien, vous êtes si sage...

DARVILÉ, *vivement.*

Pas trop!..

ANASTASE.

Non; mais vous avez de l'expérience.

DARVILÉ, *vivement.*

Pas trop non plus...

ANASTASE.

Je veux dire qu'à votre âge...

DARVILÉ, *vivement.*

Mais je n'ai que trente neuf ans...

ANASTASE, *avec bonhommie.*

Tiens! vous paraissez davantage; mais n'importe! ça n'est pas vieux! à cet âge l'homme fleurit encore!..

DARVILÉ.

Il est dans toute sa force..

CÉCILE.

Que fait tout cela à votre projet?

DARVILÉ.

Ça fait beaucoup... Écoutez moi attentivement.

AIR : *Je ne veux pas d'autre infidélité.* (Napoléon à Berlin.)

Vous avez appas et richesse,
Et ce qui vaut bien mieux encor,
Vous avez candeur et jeunesse,
Quelqu'un doit avoir ce tresor!
A prendre un mari bon, docile,
Et fidèle dans ses amours,
Il faut penser, chère Cécile...
CÉCILE, *naïvement.*
C'est ce que je fais tous les jours!

ANASTASE.

Vous y pensez tous les jours? eh bien, cousin Darvilé, en voilà pour moi la première nouvelle!

DARVILÉ

La difficulté était de trouver ce mari...

CÉCILE, *naïvement.*

Est-ce que vous l'avez cherché?

DARVILÉ.

Oui... Cécile...

CÉCILE, *avec bonhomie.*

Ah! mon Dieu! que de bonté!..

DARVILÉ.

Je connais quelqu'un qui vous convient, qui vous donnera un nom, de la considération dans le monde, en un mot qui vous mettra au premier rang des femmes aimables et remarquées de notre brillant Paris!

ANASTASE.

C'est très-bien.

CÉCILE, *réfléchissant.*

Serait-ce? (*avec curiosité*) Est-ce que je le connais?

DARVILÉ.

Beaucoup... et vous l'aimez... car je me flatte que vous avez de l'amitié pour moi!

CÉCILE.

Comment! M. Darvilé, c'est vous!

DARVILÉ

Moi-même!.. ma bonne Cécile!

ANASTASE.

La surprise y est!

DARVILÉ, *à Anastase.*

Trouvez-vous que j'aie tort de vouloir épouser Cécile?

ANASTASE.

Je n'y vois pas de mal.

CÉCILE.

Mais vous êtes veuf!

ANASTASE.

Eh oui, vous êtes veuf!

DARVILÉ.

Tant mieux! je sais comment on rend une femme heureuse.

ANASTASE.

C'est juste!

DARVILÉ.

Quant à mon âge... la disproportion n'est pas telle.

ANASTASE.

Ah! c'est peu de chose...

DARVILÉ, *vivement.*

Allons, Cécile, n'en doutez pas, nous sommes faits l'un
pour l'autre.

CÉCILE.

Vous croyez !

DARVILÉ.

Je vous en donne ma parole... et nous ne pouvons manquer d'être heureux, parce que voyez-vous à Paris, l'intérêt
n'est pas ce qui nous guide.

CÉCILE, *souriant.*

Cependant, je sais une chanson...

DARVILÉ.

La chanson est une calomnie... En province quand on
prend une femme, on veut savoir quel est son bien... on
s'informe...

ANASTASE.

Oui, on chipote... A Dijon nous appelons ça chipoter.

DARVILÉ.

Ici le mariage n'est pas une spéculation ; le notaire, l'a-
voué, le banquier, le marchand ne prend jamais une femme
pour sa dot ; on s'épouse, parce qu'on se plaît, parce que l'on
se convient, parce qu'on l'aime enfin .. Et voilà pourquoi je
veux me marier avec vous !

CÉCILE.

Ce tableau est bien joli ! (*A part.*) Je crois que je préfère à
Saint-Romain...

ANASTASE, *à part.*

Il me faut absolument une femme de ce pays-ci, à moi !

DARVILÉ, *avec intention et passant entre Cécile et Anastase.*

Et puis j'ai une grande fille qui n'est pas non plus sans attraits... elle vous aimera comme une sœur, et ne vous quit-
tera jamais ; eh bien, Cécile?

CÉCILE.

Eh bien... nous verrons.

ANASTASE,

Mais dites donc... cousin, cette grande fille *qui n'est pas sans
attraits...* comme vous dites, elle ne sera pas toujours là non
plus... est-ce que vous n'avez pas l'intention de la marier?

DARVILÉ.

Pourquoi cette question?

ANASTASE.

Pourquoi?... ah ! par exemple, cousin, vous le faites donc
exprès... comment, quand un jeune homme du département

de la Côte-d'Or vous demande : *est-ce que vous n'avez pas l'intention de marier votre fille?* vous ne comprenez pas?

DARVILÉ, lui serrant la main.

Cher Anastase !

ANASTASE, riant.

Allons donc !...

DARVILÉ.

Je crois que nous nous entendons tous trois... (*A Anastase.*) J'espère que ma fille vous entendra aussi... Charmante Cécile ! si vous vous décidez, notre jeune cousin Oscar aura bientôt fait notre contrat... Eh ! parbleu, le voici.

SCÈNE III.

CÉCILE, DARVILÉ, OSCAR, ANASTASE.

DARVILÉ.

Viens, Oscar, viens .. il s'agit ici d'un contrat de mariage.

OSCAR.

Encore un contrat !

DARVILÉ, à Cécile.

Il connaît mes affaires aussi bien que son patron ! Cécile, consultez-le !

OSCAR.

Quoi, c'est vous !

DARVILÉ.

Oui, mon ami, fais voir à l'aimable Cécile tous les avantages que lui offrirait notre union. (*Bas.*) Tu ne t'en repentiras pas. (*Haut.*) Je ne veux pas t'influencer et je me retire. (*Bas, lui prenant la main.*) Souviens-toi que tu es mon cousin ! (*A Cécile.*) J'attends... et j'espère... Anastase, venez !...

ANASTASE, à Oscar.

J'aurai à vous parler, petit notaire.

OSCAR.

Je suis à vous dans un moment, grand cousin.

SCÈNE IV.

CÉCILE, OSCAR.

OSCAR, à part.

Il est bon là le cousin Darvilé... prétendre épouser Cécile parce qu'elle a vingt mille livres de rente... c'est une infamie... ses affaires après les miennes...

CÉCILE.

Eh ! bien , monsieur Oscar , vous réfléchissez? je le crois , vous êtes comme moi bien étonné.

OSCAR.

Pourquoi donc?

CÉCILE

Air de Téniers.

Vraiment je trouve inconcevable
Tout ce qui m'arrive en ce jour,
Je ne me croyais pas capable
D'inspirer un si prompt amour.
A l'instant même, il me propose
De m'épouser sans balancer...

OSCAR.

En vous voyant c'est la première chose
A laquelle on doive penser!

CÉCILE.

Vous trouvez cela?

OSCAR.

Certainement...

CÉCILE.

Ainsi vous êtes d'avis que M. Darvilé...

OSCAR.

Je vous en prie , cousine... ne parlons pas de lui... il est absent, laissons-le tranquille.

CÉCILE.

Cependant, c'est pour me parler en sa faveur que vous êtes resté...

OSCAR.

Qui?... moi!... ah! ce serait trop pénible!

CÉCILE, à part.

Eh ! bien ! est-ce que lui aussi?...

OSCAR.

Un clerc de notaire doit prendre les intérêts de son client.. mais jamais dans une pareille occasion.

CÉCILE, à part.

C'est cela même! (Haut.) Et Darvilé qui comptait sur vous !

OSCAR.

Il peut y compter pour toute autre chose.

Air de Caleb (d'Adam).

Puis-je faire ce qu'il réclame,
Et dois-je donc aujourd'hui
Vous prier d'écouter sa flamme
Quand je brûle autant que lui?

CÉCILE.

À peine en ma présence,
Partageant son destin,
Vous sentez ma puissance ?
Dans votre amour soudain,
Ah ! quelle ressemblance !

OSCAR.

Ne suis-je pas son cousin ?

CÉCILE.

Ah ! quelle ressemblance !
Vous êtes bien son cousin.

ENSEMBLE.

CÉCILE, *à part.*

Ah ! mon âme est ravie !
Comme je suis chérie !
A ce qu'il dit je crois
Dans ses yeux je le vois,
Son cœur est sous mes lois.

OSCAR, *à part.*

Ah ! mon âme est ravie
Si riche, et si jolie !
O ciel ! tu me la dois !
Qu'elle écoute ma voix !
Et mets-là sous mes lois.

OSCAR.

Vous le voyez, belle cousine, si vous voulez être la femme
d'un notaire de ving-cinq ans... il ne tient qu'à vous.

CÉCILE.

J'y réfléchirai, mon cousin.

OSCAR.

Anastase Dumont m'a demandé un moment d'audience, il
veut me consulter sur une affaire... j'ai la confiance de toute
la famille ! quoi qu'il arrive, j'espère que j'aurai aussi la vô-
tre. (*Lui prenant la main.*) Permettez... (*Il la baise.*) Elle l'a
permis ! Je serai notaire.

(Il sort.)

SCÈNE V.

CÉCILE.

Et de trois !... comme ça va à Paris : mais je suis donc plus
aimable que je ne croyais ! là bas ils n'avaient pas l'air de
penser à moi, apparemment qu'ils n'étaient pas connaisseurs.

AIR *de Tolbecque.*

Ah ! quel bonheur de plaire
Presque sans le savoir,

Sur la foule légère
D'exercer son pouvoir!
Et faibles que nous sommes ,
De nous faire obéir ,
On triomphe des hommes,
Et c'est là le plaisir.

Quel doux transport m'inspire
Le séjour de Paris.
Ah ! tout semble me dire
Que c'est là mon pays ,
Parisiens je suis bonne ,
Laissez-vous tous charmer
Je n'empêche personne
De m'aimer, oui de m'aimer.
Ah ! quel bonheur, etc.

(Emilie paraît dans le salon du fond causant avec Saint-Romain.)

Emilie vient de ce côté , elle parle avec M. Saint-Romain ; comme ils semblent préoccupés.

SCÈNE VI.

ÉMILIE , SAINT-ROMAIN , CÉCILE.

SAINT-ROMAIN , *apercevant Cécile.*

Ah !

CÉCILE , *à part.*

Ils ont l'air surpris de me voir !.. (*Haut.*) Est-ce que la so·ciété n'est pas encore arrivée?

ÉMILIE.

A Paris, on ne se réunit pas de si bonne heure !

SAINT-ROMAIN , *s'approchant de Cécile.*

Vous étiez là toute seule? oserais-je croire que vous pensiez à quelqu'un ?

CÉCILE.

Oui, et même je vais réfléchir à certaines propositions auxquelles on me presse de répondre.

SAINT-ROMAIN.

Charmante! d'honneur. Pour la première contredanse , n'est-ce pas?

CÉCILE.

Je suis retenue.

SAINT-ROMAIN.

Que je ne vous retienne pas.

(Elle va pour sortir mais une réflexion la retient et elle se glisse dans un cabinet à droite.)

SCÈNE VII.

EMILIE, SAINT-ROMAIN.

SAINT-ROMAIN.

Nous sommes seuls !

EMILIE.

Vous ai-je bien compris?.. M. Saint-Romain, est-il possible ?

SAINT-ROMAIN.

Oui, admirez ma générosité, la grandeur de mon sacrifice.

EMILIE.

J'avoue qu'il me surprend beaucoup.

SAINT-ROMAIN.

Je le conçois ; mais une âme délicate ne pouvait pas balancer à renoncer sur-le-champ au bonheur de vous posséder !

EMILIE.

Et vous dites que mon père?..

SAINT-ROMAIN.

Oui, votre père m'a appris que M. Anastase demandait votre main, je me suis décidé : au lieu d'un mauvais sujet comme moi, je vous fais épouser vingt mille livres de rente, je suis désespéré, désolé ; mais...

EMILIE.

Que vous êtes enfant! Consolez-vous, voyons, je prendrai mon parti.

SAINT-ROMAIN.

A la bonne heure.

EMILIE.

Cependant, sa tournure, ses manières le rendent bien ridicule.

(Anastase, qui entrait, entend qu'on parle de lui et se glisse dans le cabinet à gauche.)

SAINT-ROMAIN.

Mais sa fortune....

EMILIE.

Est fort agréable. Il n'y a rien a dire.

SAINT-ROMAIN.

N'est-ce pas?

EMILIE.

Vous sentez bien que je n'ai pas envie d'être une marchande..

SAINT-ROMAIN.

De moutarde ! bien certainement. Vous vendrez l'exploitation pour une belle maison de campagne.

EMILIE.

Je veux avoir voiture, d'abord.

SAINT-ROMAIN.

C'est comme moi, si je me décide à épouser la Mâconnaise, croyez-vous que je m'en irai dans ses vignes? du tout! une maison à Paris, une calèche, un tilbury.

EMILIE, *surprise*.

Ah! vous épouseriez la Mâconnaise!

SAINT-ROMAIN.

Oui, je crois avoir produit sur elle un certain effet. La provinciale paraît avoir du goût.

EMILIE, *riant*.

Ah! ah! ah! c'est charmant.

SAINT-ROMAIN, *riant*.

Délicieux!

EMILIE.

Cela ne pouvait pas mieux s'arranger.

SAINT-ROMAIN.

Ils sont bien drôles!

EMILIE.

Ces pauvres gens!

SAINT-ROMAIN.

Ne sont-ils pas trop heureux que nous voulions bien échanger leur richesse contre tous les avantages dont nous sommes propriétaires?

EMILIE.

Ah ça! notre absence pourrait-être remarquée, je retourne au salon.

SAINT-ROMAIN,

Je ne vous inviterai pas de la soirée à danser : ne quittez pas le cousin Anastase.

EMILIE.

Et vous, la cousine Cécile.

Air : *Un homme dont l'âme est commune.* (Gargatnua.)

SAINT-RGMAIN.

Vive ma jeune ménagère
Et ses vieux tonneaux de Mâcon!

EMILIE.

Quelle figure je vais faire,
Avec mon marchand de Dijon.

SAINT-ROMAIN.

Vrai, de ma bonne
Bourguignonne,
Je ferai
Ce que je voudrai!

EMILIE.

Et moi, du mari qu'on me donne,
Je ferai
Ce que je pourrai.

ENSEMBLE.

Vive ma jeune, etc.
Vive sa jeune, etc.

(Ils sortent.)

SCENE VIII.

ANASTASE, CÉCILE.

(Les deux portes latérales s'ouvrent en même temps, chacun des deux regarde si les précédens sont partis ; puis ils s'aperçoivent mutuellement, et ils s'avancent l'un vers l'autre, d'un air surpris.)

ANASTASE, *se décidant à parler, après un jeu muet.*

Vous étiez là, Cécile !

CÉCILE.

Vous aussi, Anastase !

ANASTASE.

Et vous avez entendu....

CÉCILE.

Je ne suis pas sourde !

ANASTASE.

J'ai de bonnes oreilles, aussi.

CÉCILE.

Je n'en reviens pas !

ANASTASE.

Ça me coupe bras et jambes.

CÉCILE.

J'étouffe !

ANASTASE.

Je suffoque.

CÉCILE.

Si c'est là un échantillon des Amours de Paris !

ANASTASE.

C'est une abomination.

CÉCILE.

AIR ; Voulant par ses œuvres complètes.

D'Oscar et de Darvilé même
Je conçois l'ardeur à présent.
Aucun de ces messieurs ne m'aime,
Mais ils adorent mon argent ;

Ce Saint-Romain par sa franchise
M'apprend quelle est leur passion.
ANASTASE.
Ah ! ma foi sur l'échantillon
On peut juger la marchandise.

CÉCILE.

Ils nous prennent donc...

ANASTASE.

Pour des imbécilles!

CÉCILE.

Comme cette petite impertinente vous traitait!

ANASTASE,

Et comme ce beau monsieur vous arrangeait! vous appe-
ler *la Bourguignonne, la Mâconnaise.*

CÉCILE.

Et elle qui vous appelait le marchand de...

ANASTASE.

De moutarde !... elle me monte au nez!

CÉCILE.

Il n'a qu'à y venir avec ses complimens.

ANASTASE.

Et elle, avec ses contredanses.

CÉCILE.

Mais je suis compromise!

ANASTASE.

Comment cela?

CÉCILE.

Il m'a pris un anneau!

ANASTASE.

L'alliance de votre mère?

CÉCILE.

Ces Parisiens sont si avantageux ! il dira que je la lui ai
donnée.

ANASTASE.

Est-ce que je n'ai pas fait la même *bêtise*... non, je veux
dire la même étourderie que vous!

CÉCILE.

Qu'est-ce donc?

ANASTASE.

J'ai fait faire par ce petit notaire une donation... ah! s'il
pouvait ne pas la lui avoir remise. Chut! Saint-Romain.

(Mouvement.)

SCÈNE IX.

Les mêmes, SAINT-ROMAIN.

SAINT-ROMAIN.

Eh ! bien, M. Anastase, que faites-vous donc là ! on vous demande, on vous désire là-dedans.

ANASTASE.

On me désire?... qui donc !

SAINT-ROMAIN.

Vous le demandez?... et la charmante Émilie...

ANASTASE.

Ah ! oui, charmante !

SAINT-ROMAIN.

A qui le jeune Oscar vient de remettre un papier...

ANASTASE, *à part*, *tapant du pied.*

Ma donation !

SAINT-ROMAIN.

Qu'est-ce que vous avez donc?

ANASTASE.

Rien... j'y vais !

(Il fait, en sortant, des signes à Cécile.)

SCÈNÉ X.

SAINT-ROMAIN, CÉCILE.

CÉCILE, *à part.*

Voyons un peu quel mensonge il va me débiter.

SAINT-ROMAIN.

Qu'il me tardait d'être auprès de vous !

CÉCILE, *à part.*

Voilà que ça commence.

SAINT-ROMAIN.

Que vois-je? un nuage sur ces beaux yeux ! un air d'embarras, de contrainte...

CÉCILE.

Vous vous en apercevez, monsieur?

SAINT-ROMAIN.

Je ne m'en plains pas.

CÉCILE.

Vous croyez donc que je pense du bien de vous?

SAINT-ROMAIN.

Mais... (*A part.*) Qu'est-ce qu'elle dit donc ?

CÉCILE.

Vous n'aimez pas les détours.

SAINT-ROMAIN.

Fi donc! la franchise est mon seul défaut.

CÉCILE, *a part.*

Il est fort, celui-là. (*Haut.*) Eh! bien, monsieur, je vais m'expliquer; j'ai un scrupule, cet anneau que vous m'avez soustrait... car je ne vous l'ai pas donné.

SAINT-ROMAIN.

Vous me l'avez laissé prendre.

CÉCILE.

Non pas... cet anneau, dis-je, est un gage!..

SAINT-ROMAIN.

On ne l'aura qu'avec ma vie.

CÉCILE.

Mais, monsieur, permettez, mon anneau, mon époux seul doit l'avoir.

SAINT-ROMAIN.

C'est pour cela que j'espère le garder.

CÉCILE.

D'autres que vous ont des prétentions...

SAINT-ROMAIN.

Qui donc !..

CÉCILE, *à part.*

Que lui dire... Ah! (*Haut.*) Anastase!..

SAINT-ROMAIN.

Le grand cousin de Dijon, il n'est pas dangereux.

CÉCILE.

Vous vous trompez, monsieur, il est très-mauvaise tête.

SAINT-ROMAIN.

En vérité!..

CÉCILE, *à part.*

Je n'en crois pas un mot; mais c'est égal. (*Haut.*) Il vous cherchera querelle.

SAINT-ROMAIN.

C'est charmant! c'est ce que je pouvais désirer de plus heureux... Ah! il me cherchera querelle, il ne connaît pas ma force au pistolet.

CÉCILE, *à part.*

Ah! mon Dieu, ce pauvre Anastase!

SAINT-ROMAIN.

Il vous aime, je vous ai pris votre anneau, je l'ai offensé, je dois lui rendre raison.

CÉCILE, *à part.*

Voilà un beau moyen que j'ai trouvé là... Ah! mon Dieu! il revient!..

SCENE XI.

LES MÊMES, ANASTASE.

SAINT-ROMAIN, *à Cécile.*

Je vais lui parler : vous allez voir...

CÉCILE, *effrayée, le retenant.*

Monsieur... je vous prie !..

SAINT-ROMAIN.

Soyez tranquille... je ne veux troubler ni le bal, ni le concert ; mais demain, avant déjeûner...

CÉCILE, *à part.*

Je respire.

ANASTASE, *au fond, imitant le ton de Saint-Romain à la scène
précédente.*

Monsieur de Saint-Romain...

SAINT-ROMAIN.

Monsieur !..

ANASTASE.

Que faites-vous donc là?... on vous demande, on vous
désire, là-dedans.

SAINT-ROMAIN.

Qui donc?..

ANASTASE.

Toutes ces dames ! elles disent qu'elles ne peuvent rien
faire sans vous. Elles sont charmantes.

SAINT-ROMAIN.

J'y vais... j'y vais, M. Anastase.

(Il sort.)

SCÈNE XII.

ANASTASE, CÉCILE.

ANASTASE.

Ah ! cousine, c'est bien difficile de ravoir ce qu'on a donné ;
je viens de voir Emilie, je me suis approché d'elle adroite-
ment... je crois que je lui ai même déchiré un peu sa garniture.
Elle s'est retournée, elle m'a dit : « *Ah ! c'est vous ! je vous en
veux beaucoup ; fi donc ! me croire intéressée, m'envoyer une
donation, c'est bien mal ! très-mal.* » Je lui ai répondu, si vous
n'en voulez pas rendez-la moi : « *Pour qui me prenez-vous ?
rendre ce qui est offert de si bon cœur ! jamais.* » Et puis elle
s'est jetée dans les bras d'un jeune homme qui l'attendait
pour walser, et tout en tournant elle me faisait des signes

de tête, des sourires, et elle marchait sur les pieds du jeune homme; mais elle ne perdait pas la mesure du tout! c'est singulier comme les Parisiennes ont en même temps de la sensibilité et de l'aplomb.

CÉCILE.

Ah! mon pauvre Anastase, j'ai bien des pardons à vous demander, mon ami.

ANASTASE.

A moi, et pourquoi donc?

CÉCILE.

Tout-à-l'heure, pressée par M. Saint-Romain, et voulant me débarrasser de lui, ne lui ai-je pas dit qu'il avait un rival?

ANASTASE.

Après?

CÉCILE.

Eh! bien, mon ami, ne sachant qui nommer avec un peu de vraisemblance, je lui ai dit... que vous m'aimiez.

ANASTASE, *surpris.*

Vous lui avez dit cela, Cécile! vous lui avez dit que je vous aimais!

CÉCILE.

Mon Dieu, oui, mon ami, pardonnez-moi ce petit mensonge!

ANASTASE, *réfléchissant.*

Mensonge!... mensonge! est-ce que vous croyez que je ne vous aime pas?.. j'ai toujours eu beaucoup d'amitié pour vous... Mais quand j'y pense, au fait... ne serait-ce donc que de l'amitié!.. l'habitude de se voir comme cela dès l'enfance, fait qu'on ne se remarque plus.

AIR : Vaudeville *de la Somnambule.*

Mais voyons donc que je vous apprécie...
Qu'on vous regarde avec plaisir!
Vous êtes vraiment bien jolie!

CÉCILE.

Vous allez me faire rougir.

ANASTASE.

Je vous aimais et j'en perdrais la tête,
Maintenant c'est facile à voir.
Ah! mon Dieu, que j'étais donc bête
De ne pas m'en apecrevoir.

CÉCILE.

Comment, c'est tout de bon, que...

ANASTASE.

Mon Dieu, cousine, je pense à une chose !.. Nous sommes bien simples d'aller chercher si loin ce que nous avons tous deux sous la main... Au lieu d'aimer des gens que nous ne connaissons pas... Eh! pourquoi donc ne pas nous aimer nous-même?

CÉCILE, *hésitant.*

C'est que... ce n'est pas tout!

ANASTASE.

Comment!

CÉCILE.

N'ai-je pas été dire étourdiment à ce monsieur que vous étiez capable de vous battre avec lui.

ANASTASE.

De me battre; et pourquoi donc, n'en serais-je pas capable! Est-ce que vous croyez que nous sommes des lâches, à Dijon? Au contraire, et si vous y demandiez de mes nouvelles, on vous dirait que je suis une forte lame... Pas un spadassin! oh! non... mais je n'ai jamais reculé dans l'occasion... Il est vrai qu'on ne m'a jamais rien dit; mais si on y venait!.. Ah!

CÉCILE.

Cependant, Anastase, je serais désolée de vous voir vous battre pour moi.

ANASTASE.

Par exemple!... s'il le fallait!... Ensuite, Cécile, cela ne vous engage à rien, au moins, je ne voudrais pas abuser de votre position; vous avez dit que je vous aimais, que je me battrais, je ne suis pas fait pour vous démentir. Je vous aimerai, je me battrai; mais après cela, vous ferez ce qui vous plaira. Vous m'aimerez, vous ne m'aimerez pas; vous êtes la maîtresse absolue! Par exemple! si vous m'aimiez, je sens que ça me ferait grand plaisir; mais ne vous gênez pas!

CÉCILE, *à part.*

C'est vraiment un bon garçon que mon cousin Anastase!

ANASTASE, *à part.*

C'est qu'elle est charmante, la cousine Cécile.

CÉCILE, *de même.*

Comment ne m'en étais-je pas encore aperçue?

ANASTASE, *de même.*

Comment ça ne m'avait-il pas sauté aux yeux!

CÉCILE.

C'est que vous êtes très-aimable.

ANASTASE.

C'est que vous êtes très-jolie!

SCÈNE XIII.

LES MÊMES, OSCAR.

OSCAR.

Eh bien? on vous cherche partout. On veut faire de la musique ; tenez, tenez, voilà toute la société, et Saint-Romain le premier.

ANASTASE ,*à part.*

Il faut que je fasse un coup de tête.

(Il sort par le cabinet à gauche.)

CÉCILE , *à part.*

Il est brave, généreux... cela vaut la peine d'y penser.

SCÈNE XIV.

TOUS LES ACTEURS, *excepté* ANASTASE.

HOMMES ET FEMMES *invités.*

AIR *de la Tentation.*

SAINT-ROMAIN , *aux femmes.*

Troupe aimable et jolie,
En ces lieux la folie
Par ma voix vous convie
Hâtez-vous d'accourir.
Ici de la musique
La puissance électrique,
Et le charme magique
Vous appelle au plaisir.

CHOEUR.

Troupe aimable et jolie, etc.

DARVILÉ.

Qui est-ce qui va commencer le concert? Saint-Romain mettez-vous au piano.

SAINT-ROMAIN.

Je veux bien. Je vais vous jouer des difficultés de Hertz...

OSCAR, *riant.*

Oh ! non ! sans difficulté !... Prions la jolie cousine de chanter.

SAINT-ROMAIN.

Quelque grand morceau qui fasse briller votre voix.

CÉCILE.

Non, pas de grande musique, de petits couplets ; une chan-
sonnette, ouvrage d'un poète de notre département.

SAINT-ROMAIN, *riant.*

Ah ! ah ! ah ! un poète de département.

CÉCILE.

Pourquoi pas ! Écoutez ma chanson. Tout le monde y
trouvera... son compte

LES AMOURS DE PARIS.

AIR *nouveau* de M. Panseron.

Doux propos , regards innocens ,
Simple promesse et fleurs pour gage ,
Quelques baisers , quelques rubans ,
Voilà les amours du village. (*bis.*)
Billets doux et discours fleuris,
Peu de franchise et beaucoup d'élégance.
Plus de sermens que de constance :
Voilà les amours de Paris.

Des attraits , des airs ingénus ,
D'esprit une dose assez mince ,
Moins de grâces que de vertus ;
Voilà les amours de province. (*bis.*)
Beaux semblans , brillant coloris ,
Grands sentimens , fine coquetterie ..
Un double assaut de tromperie :
Voilà les amours de Paris.

Dans un bal , en serrant la main ,
S'expliquer d'abord en silence ,
Au spectacle , le lendemain ,
Continuer (*bis*) la connaissance. (*bis.*)
Au milieu des jeux et des ris
Tout au plaisir, en se donnant pour tendre :
S'aimer, se quitter, se reprendre,
Voilà les amours de Paris.

SAINT-ROMAIN.

Le poète du département est un malin.

DARVILÉ.

Mais où est donc Anastase ?.. je voulais le présenter à nos
amis; c'est mon gendre futur...

EMILIE.

Il est singulier qu'il ne soit pas ici.

SCÈNE XV.

LES MÊMES, ANASTASE.

ANASTASE, *en redingotte de voyage, casquette et parapluie.*

Me voilà !

SAINT-ROMAIN

D'où diable vient-il ?

ANASTASE.

De faire ma toilette.

DARVILÉ, *surpris.*

Eh bien ! Anastase, qu'est-ce que c'est que cette plaisanterie ?

ANASTASE.

Ce n'est pas une plaisanterie.

SAINT-ROMAIN, *le lorgnant.*

Ce costume n'est pas de mise dans un salon, mon cher.

ANASTASE, *le contrefaisant.*

C'est un costume de voyage, mon cher.

DARVILÉ.

Comment, après m'avoir dit que vous comptiez vous marier..

ANASTASE.

Mon intention est toujours de me marier, cousin : mais j'ai fait une réflexion, je ne veux pas me marier à Paris.

DARVILÉ, *surpris.*

Qu'est-ce que cela veut dire ?

CÉCILE, *à part.*

Qu'elle est donc son idée ?

ANASTASE, *regardant Emilie.*

Voilà... Ma tournure et mes manières sont ridicules dans ce pays-ci.

ÉMILIE, *bas à Saint-Romain.*

Qu'est-ce qu'il dit donc ?

ANASTASE, *de même.*

Eh puis, je ne veux pas vendre mon exploitation de moutarde : je n'ai pas le moyen d'avoir voiture...

DARVILÉ.

Qu'est-ce qui vous demande une voiture ?

ANASTASE.

Je ne dis pas qu'on me demande , mais on pourrait vouloir.

SAINT-ROMAIN, *à Emilie.*

On dirait qu'il vous a entendue !

ANASTASE.

Je veux moi, que ma femme quitte la capitale, qu'elle vienne à Dijon, se mettre dans mon comptoir.

EMILIE, *à Darvilé.*

Mon père ! je ne pourrai jamais.

(Darvilé passe entre Oscar et Cécile.)

SAINT-ROMAIN, *riant à part.*

C'est fort drôle.

ANASTASE.

Comment ! c'est fort drôle ? Un commerce de moutarde n'est pas plus à dédaigner qu'un autre, quand on le fait en gros. Je fais des envois en Angleterre, en Allemagne, en Bavière, en Chine, en Suisse, j'en envoie jusqu'à Rome, je suis le premier moutardier du...

(Tout le monde rit.)

EMILIE.

C'est très-agréable sans doute, et je vous remercie d'avoir pensé à moi.

ANASTASE.

Eh bien alors, décidons nous promptement, il ne faut pas s'amuser à la... qui m'aime me suive.

EMILIE, *s'approche de lui, et lui remet son papier, en disant à demi-voix.*

Tenez, mon cousin.

ANASTASE, *à part.*

Ma donation. (*Haut*) Vous me plantez-là, cousine ? je vais donc m'en aller tout seul !.. hein ?

(Il regarde autour de lui.)

CÉCILE.

Non, mon ami, je partirai avec vous.

ANASTASE.

A la bonne heure !.. j'aurai donc une compagne de voyage !

(Il lui prend le bras.)

SAINT-ROMAIN , *surpris.*

Comment !

CÉCILE, *parlant à Anastase, et regardant Saint-Romain.*

Par exemple, mon ami, je vous préviens que je ne veux pas vendre mes vignes pour donner à mon mari une calèche et un tilbury.

(Anastase rit à part.)

EMILIE, *bas à Saint-Romain.*

On dirait qu'elle vous a entendu.

SAINT-ROMAIN, *s'approchant de Cécile et lui rendant son anneau.*

Mademoiselle !.. Votre époux seul doit l'avoir.

ANASTASE.

L'affaire est arrangée.

CÉCILE, *à Darvilé.*

Mon cousin, pardon : mais je ne suis pas assez à la mode pour vous !..

DARVILÉ.

Chut !..

CÉCILE, *à Oscar.*

Oscar, je ne me sens pas beaucoup de goût pour le notariat.

OSCAR.

Nous étions donc trois !..

(Ils rient, en se regardant mutuellement.)

DARVILÉ.

Comment, mes bons amis, vous allez nous quitter comme ça ?

ANASTASE.

Non : tout est changé ; nous restons à Paris. Séparement, nous n'étions pas assez riches, pour mener un certain train. Mais à présent nous avons quarante mille livres de rente à nous deux ; elle vend ses vignes, j'envoie promener mon commerce, et nous aurons maison de campagne, calèche et tilbury.

OSCAR, *qui est retourné près d'Emilie.*

Je ferai votre contrat de mariage, n'est-ce pas ?

DARVILÉ, *à Saint-Romain.*

Eh bien, la Bourguignonne, elle a joué les Parisiens. Elle a de l'esprit.

CÉCILE.

Je suis de la famille.

(1) Oscar, Darvilé, Saint-Romain, Cécile, Anastase, Emilie.

CHOEUR de la Tentation.

Troupe aimable et jolie, etc.

(Dans les départemens on pourra supprimer le couplet au public.)

CECILE, *au public.*

AIR *de Louise*, ou *Vaudeville de Madame Gibou.*

Avant que dans ces lieux je vinsse,
Souvent, messsieurs, j'ai voyagé;
On m'applaudissait en province,
Lorsque je prenais mon congé,
Partout mon zèle était encouragé.
Tant de bontés me rendaient glorieuse :
Votre suffrage aurait bien plus de prix
Ah combien je serais heureuse,
D'être les amours de Paris.

FIN.